石田稔歌集

よ市・馬っこ・材木町

――昭和二、三十年代の盛岡の思い出――

序文

三島　黎子

夫の仕事先だった千葉県から岩手に戻り、「日本中国友好協会」盛岡支部所属になって間もなく、中国にゆかりのある岩手在住の会員紹介記事を、との本部からの要望で、石田稔夫妻を取材させて頂いたのが始まりでした。

父上の突然の逝去により、郷里盛岡で暮らすことになった石田さんに、妻の梅萍（メイピン）さんは、「中国で暮らす約束で結婚したのです」と、言葉の不自由な異国で暮らす不安を口にしました。一年の短期間ながら中国で過ごした経験のある私が、少しでも話し相手になれればと思って交流するうち、二十年近い歳月はすっかり彼女を盛岡人にし、愛息健君も立派に成長しました。

昨秋、「これまで生きて来た思い出のよすがに、こんなものを書きました」と石田さんから送られて来た短歌の数々を拝読、そこには紛れもなく私自身の来し方を写し取った数々も。同年代なら盛岡も沿岸の田舎も同じような日々を過ごしたのだと改めて思わされ、ただただ懐かしさに満たされたことでした。

夜明けにはタオルが硬く凍りつく家で暮らせり小学のころ
ストーブの上に弁当並べたり窓の外では雪降りしきる

などを初め、数えればきりがありません。思い出の「よ市・馬っこ・材木町」の上梓を心からお祝い申し上げつつ、健康へ更なる留意をと願っております。

はじめに

年老いて、友人も少なくなり、ただ単調に過ぎていく日々の寂しさ。深夜、眠れないでいると、さまざまな思い出が頭をよぎり、消えていきます。むなしく日々を過ごしてしまったという悔いも生まれてきます。

けれども、思い出の中には、たくさんの友だちがいて、さまざまなできごとがありました。過去の世界に入っていき、その風景を、スナップ写真のように、短歌で表現していく。そうすることで、老いや病のつらさ、劣等感などは、薄れていきました。

盛岡の材木町で、ともに遊び、ともに育った友だちは、大勢いましたが、今でも住んでいる友はほとんどいません。すでに亡くなった友も少なくありません。かつての材木町の風景、子どもたちの様子、自分の家族を、短歌で残そうと考えました。

北上川の川べり、今はマンション街になっている盛岡の材木町は、かつては、大通や肴町にも負けない商店街でした。お祭りがあり、七夕飾りが競い合い、子ども会があり、運動会までありました。そこでは、昭和二、三十年代のベビーブームの子どもたちが、駆けまわっていました。この短歌集は、そうした子どもたちに、また自分自身の子ども時代に捧げるものです。

この短歌集のほとんどの写真は、父と私が撮ったものですが、巻末の一六六ページに記した写真資料からも使わせていただきました。

目次

思い出を青セロファンで透かし見る
声をあげつつ友ら走れる

糸巻きを鳴らして凧はあがりゆく
遥かかなたに子らを見おろし

幼年期

鳩時計
父母の部屋にて鳴きおりて
窓の外では雪ふりつもる

雪降れば
降れば降るほどうれしくて
ウサギのように飛び跳ねしかな

十円で凧も吹かぬに凧を買い
飛べよ飛べよと
願いし元旦

幼き日「お肉のあんよ」と呼びにけり
ストーブのうえで焼けるスルメを

押し入れの上の段から飛びおりて
足折りギブスす綿入れのわれ

幼くてなにもしらずにしたりけり
お医者さんごっこ記憶のかなたに

庭先で米をついばむ鶏を
綿入れを着て見つめていたり

小学校

錦之助、千恵蔵
ひばり、千代之介
岩にくだける
波の日々かな

北上川、中津川、雫石川

ネコヤナギ芽吹くころなり
北上に陽はあたたかく
やわらかに照る

北上の岸辺に咲けるタンポポの
綿毛を吹きて
遊びたるかな

北上の岸辺に沿える石垣を
仲間とともに
登り降りせり

北上の砂州に生えたる柳の木
ナイフで削り
チャンバラをせり

材木町裏を流れる北上の岸辺の砂に
友と字を書く

北上の上空高く円描き
ピューヒョロロロと鳶は鳴くなり

夕顔瀬　欄干なでて唾を吐く
北上川の浅瀬波立ち

北上で石切競う日々なりき
子どもらの声川面に響く

北上の流れに落ちた君の手を
握り助けし
遠き思い出

北上の舟っこ流し
亡き人の思いをのせて
燃え尽きにけり

公園のわきを流れる中津川
膝までつかり渡りけるかな

雫石眩しき夏よ
川辺なるアカシアのもとわれら泳ぎき

ヤスを持ち
ガラス箱覗きてカジカ刺す
雫石川波かがやけり

冬

夜明けにはタオルが硬く凍りつく
家で暮らせり
小学のころ

雪降れば心躍れり
かまくらや雪合戦に橇にスケート
カッチャカッチャと靴スケートの音ひびく
材木町の長き通りに

馬車が走り馬糞が落ちた雪の道
靴スケートの子ら集いける

子どもたちバスにつかまり滑りけり
材木町の雪の降る夜

田圃がスケートリンクになる季節
子どもらの声あちらこちらで

中庭に氷を張りて滑りたるはしゃいだ声が
今も聞こえる

盛岡の城の坂にも雪積もり
われら橇にて滑りけるかな

かまくらをこわして作った滑り台
みな順繰りに橇ですべれり

段ボール、尻に敷いて屋根滑る
冬日まぶしき青空のもと

わが友が雪で作った落とし穴
落ちたる時に友ら笑える

薪かかえ教室の隅に重ねおく
丸きストーブ赤く燃えたり

ストーブの上に弁当並べたり
窓の外では雪降りしきる

おおらかに「雪の降る街を」歌いつつ
夜の通りを過ぎし自転車

しんしんと雪降る町をいさぎよく
裸行列通りたるかな

材木町

材木町、屋根から屋根へ跳び移る
子らを見下ろす
岩手山かな

トタン屋根登って歩きぬ
帽子屋は
大声上げてわれを叱れり

屋根に登り凧をあげれば
空のもとあちらこちらで子ら競いける

背の高き材木無数にたてかけた
店の奥にてかくれんぼせり

光原社

裏を流れる北上の色濁りたり
子どものころは

光原社、塀を乗り越え
静まれる奥の小屋にて
ピンポンをせり

なぜかしら目に残りたる
あの頃の駄菓子屋の灯の暗きことかな

ガラス戸に「テーラー」と白く書いてあり
やんちゃ坊主のわが友の店

町内の戎屋の奥で
あぐらかき
下駄にかんなをかけていた人

赤穂より店に来たれる兄弟は
言葉も明るさも
ここと違いき

サーカスの網のごとくにロープはり
本屋の裏で友と遊びき

「泥棒」を縄で縛りて遊びけり
酒屋の裏の土蔵の中で

永祥院
裏で遊びしビー玉の
まわりに咲きし水仙の花

受けとめて投げ返したり
ドッヂボール
永祥院の裏の空き地で

永祥院
拍子木の音が鳴り始め
子ら集まりて紙芝居見る

紙芝居
飴をなめつつ見あげたり
永祥院の狭き参道

永祥院わきを流れる川のうえ
紺屋の布がぴんと張られし

下校時に間に合わなくて野糞せり
永祥院の裏の墓地にて

「キンギョー」金魚屋の声響く
道に出て行き金魚を選ぶ

自転車を押して豆腐屋通りけり
早朝の町子らの姿も

パンパンと太鼓叩いて経唱え
法華経の僧遠ざかりゆく

尺八を静かに吹ける虚無僧は
店の前にてしばらく立てり

太鼓打ち
三味線ひけるチンドン屋
町をゆくなり子らを引き連れ

獅子舞は
わが家の前で踊りけり
カッチャカッチャと口を鳴らして

自転車の手を離しつつ乗りにけり
材木町の長き通りを

ツバメらは軒をかすめて飛びにけり
誰も通らぬ朝の通りを

馬っこは
チャングチャングと進みくる
野道を通り盛岡に入る

チャグチャグと
鈴を鳴らせる馬の列
クラスメートと写生をしたり

遊び

網を持ち小川すくえば
どじょっこは地面の上で跳びはねにけり

池の泥踏みつついけば
蛭脛にぴたりとつきて血を吸っており

ペンキ缶、載せて運べるトロッコに
子どもらは乗り
はしゃぎけるかな

コマ投げて
カチンカチンとぶつけたり
ブロック倉庫の上に集いて

フラフープ、ホッピングにだっこちゃん
あのころの子らいかに暮らせん

手作りの望遠鏡で眺めれば
虹色に輝く岩手山かな

梅の木の下で
チャンバラ、メンコ、ビー玉と
遊びておれば日は暮れにけり

竹馬を
カタカタ鳴らし競いけり
あの帽子屋の裏の空き地で

父の撮りしカラースライド見つけたり
幼きころのわれと弟

岩高の校舎の上を高く高く
模型飛行機飛び去りにけり
＊岩高は、岩手高等学校の略称。

友だち

「少年」や「冒険王」などの雑誌買い
回し読みせし
日々の楽しさ

糸張りて
肝油の缶でメモ送る
勇輔の家とわが家のあいだ

長町の塾の帰りに買いにける
焼き鳥の音、友だちの声
「煎餅にバターを塗るとおいしいよ」
そう言いし友歌うまかりき

衆三という名前ゆえ
シュークリームとはやせし友若くして逝く

受賞せる原爆の絵が掛けてあり
友の兄描きし黒き油絵

菓子を多く食べたといわれ友泣きぬ
いつもは強く振るまいたるに

薄暗き土蔵の窓から日射し入る
そこに住む友やがて移れり

いかだにて水があふれる田のうえを
友と声あげこぎにけるかな

下水道ぬるぬる滑る暗闇を
友と二人で探検をせり

何百本何千本ものマッチ棒で
汽船つくりし色白の友

都会から移りきたりて
「ぼくちゃん」と自ら言えり少女のごとき子

都より移りきたれる
色白き年下の子に心寄せし日

「ぼくちゃん」の姉の水着が干してあり
道をへだてて見つめていたり

教室

からかわれ
ふざけかえして駆けまわる
小学校の教室の中

昼休み
教室のすみで始まれる
馬っこ跳びにわれわれも加わる

若乃花、柏戸などのまねをして
体育館で相撲とりにき

小刀で鉛筆削る日々なりき
窓に明るく陽が差しおりて

「長嶋の打率四割」小学校の放送部にてニュースを読めり

義経のひよどりごえを語りたる先生の声耳に残れる

階段を尻を振りつつ上りける
先生の笑み今も目にあり

コロブチカ
体の大きな女の子、手を離す時わざとふざけし

ホームズやルパンや乱歩借りにけり
小学校の小さな図書室

蝶、文鳥、シェパード

岩大の植物園の森の中
黒きアゲハの飛びくるを待つ
＊岩大は、岩手大学の略称。

陽を浴びたレールに耳を押しあてて
汽車の音聞き
トンネル抜ける

川沿いに蝶を追いかけ日は暮れぬ
山の際には
淡き残照

パタパタと必死な蝶の胸つぶす
それを楽しみとせし小学のころ

ギンヤンマ一直線に飛びきたる
目をばむきつつ羽光らせて

群れなして
子鮎泳げる沢なりき
小岩井農場のさらにむこうに

母のごとすり餌やりけり
ジュウジュウと
喉ふくらませ文鳥は鳴く

文鳥は薄紅色の嘴で
あわを食みては首をかしげる

名を呼びて手をば叩けば降りてくる文鳥なりき
冬に死なせし

シェパードは北上川に飛び込みて
ボールくわえて泳ぎ帰れる

シェパードはぐったり倒れ息をせず
母は葉書で知らせてきたり

鳩小屋でクックと鳴ける鳩の群れ
いっせいに空に飛び立ちにけり

お祭り

八幡の祭りが来れば楽しかり
ドンコドンコと山車が町ゆく

サーカスの球の中にて
オートバイ、爆音あげて走り回れる

桜山、祭りがくれば楽しかり
金魚すくいに射的に輪投げ

岩手山神社の夏がなつかしき
小遣い握り
屋台まわれり

おまつりの長き
行列に加われり
南極探検隊に扮して歩く

お祭りで父が扮せし藤娘
車に乗りて
遠ざかりゆく

永祥院
鐘撞き堂のまわりにて
盆踊りせし映画もみたり

盆踊り、中に入れぬ子どもたち
ＢＢ弾をバンバン鳴らす
＊ＢＢ弾は、小指ほどのほどの太さの爆竹。駄菓子屋で売っていた。

祖父

わが祖父の軍服姿の油絵が飾ってありぬ
二階の壁に

わが祖父は
骨董集めを趣味として
北京の町の市をまわれる

わが祖父の丹精込めた菊の花
二階の廊下で
陽を浴びており

百までも数えなければ出られない
祖父と入りし木でできた風呂

わが祖父の辞世の歌は
「まず極楽に初飛行せん」

祖母

京都にてリボンをつけて琴を弾く
十八の祖母の
写真色褪せ

われをよく祖母は映画に連れゆきし
帰り道には
背にて眠りき

ドッヂボール、三角ベースに馬っこ跳び
火ともし頃に
祖母は呼びにき

今はなき材木町の二階家の
西日さす部屋で
祖母と暮らせり

わが祖母はアイロンかけに靴磨き
人目を引かず死にゆけるかな

父

わが父は結婚式の翌日に
チフスにかかり母看病す

輜重兵《しちょうへい》
戦後になりて馬車を引き
背水の陣で家族養う

＊輜重兵は、兵糧、弾薬などの軍需品を、
馬車や車両で前線に輸送した陸軍の一部門。

若き日の
父のとばせるサイドカー
横にすわりて心弾みし

おみやげは浅草おこし
日をあけず父は東京に仕入れにいけり

父はよくアサギマダラといいにけり
子どものころに追いかけし蝶

高松のリンクの氷に穴が空き
スケートしたる父は落ちたり

母

わが母は祖父が選びし娘なり
月岡ホテルの湯に通ううち

＊月岡ホテルは、山形のかみのやま温泉にある母の実家。

かまどにて飯を炊きたる若き母
火吹き竹手に
かがみたるかな

風邪ひけば氷枕にすり林檎
母や懐かし
写真見つめる

商売の酔客などのもてなしも
笑顔でこなす母にてありき

わが母はゼリー作りが得意なり
遊びに来たる子らに振るまう

幻灯で
孫悟空らが活躍す
母の語りにわれら聞き入る

小遣いを貯めて買いたる人形を
母は久しく
棚に飾りき

月ごとに小遣い帳に記入して
事務所の母から金をもらえり

バケツ持ち北上川の岸辺よりゴミ投げ捨てぬ
母にいわれて

歯を抜きし帰り道には
デパートで
母はプリンを食べさせてくれ

怒るとき
母はいいける「ごしゃげる」と
山形の人にもどりけるかな

腹を立てブロック倉庫に閉じ込めし
母の心や今は懐かし

食堂で愁いに満ちた顔見せし
写真の母よ何を思える

弟

薪をもて風呂をわかせりその風呂で
弟たちともぐりっこせり

手作りのライフル銃で
マッチ箱狙って落とせり弟たちと

ケーキ買う金を落とした弟は
こたつにもぐり黙して泣けり

弟の両足を持ち上げこらしめぬ
今もあの悔い心に残る

引き出しが弟によって引き抜かれ
鉛筆クレヨン床に散らばる

墓くずれ弟の頭は血を吹きぬ
今でも残る三日月の痕

風呂場より池に出ていき泳ぎけり
月岡ホテルで
従兄弟とともに

正月には一家そろって写真撮る
慣わしなりき
二階の間にて

こたつにて七並べなどに興じたる
あのころの家笑いたえざり

明治橋ドドンと花火打ち上がり
家族総出で二階より見る

中学校

初めて持った一人の時間

体育館、ベニアで仕切った空間が
教室であった中一のころ

色黒の小菅といえる技術の師
定規で子らをつぎつぎにぶつ

佐々木なる理科の教師は
子どもらの襟首つかみ持ち上げにける

新しき流行歌なども教えたる先生なりき
よく怒りたる

ヤギと呼ばれきらわれていた担任と
毎週交わした「交換日記」

にこやかに教科書ひらく師の顔よ
心中せしとうわさで聞けり

卓球部、石を手に持ち素振りする
体育館の裏の空き地で
高松の山かけのぼり素振りせり
春夏秋冬今は恋しき

七戸らとガンの抜き打ち競いたる
西日の射せるあの十畳間

「禁じられた遊び」をわれに教えたる
あの勇輔の夕日さす部屋

菓子皿を手に階段を上り来て
笑顔で語る友の母かな

毎朝四時に起きて勉強す
初めて持った一人の時間

父はよく勉強部屋にあがりきて
われの背中を
じっと見つめき

馬の背のごとき影見ゆ南昌山
汽笛聞きつつ
眺めていたころ

開運の橋を渡りてやって来る
焼き芋屋あり雪降りしきる

こっそりと授業中にも自慰をせり
恐れを知らぬわれなりしかな

誰かこう信じる人に叱られたい
そんな気持ちの
後悔の朝

七戸と公会堂で演じたる
劇で話せし
「希望」という言葉

高校

君が名でノートを埋めし十五の夜
雪深き町の初めての恋

一高の入学式で呼ばれたる
君の名を聞き
心ときめく

高校の入学式で
小一で同じクラスの
君に会いしかな

校庭のすみに咲きたる百合の花
幼きころ君にし似たるか

寝るときにかならず君の名をば呼ぶ
せめて夢だに友となりたく

登校時君の来るのを待ちぶせて
後からゆけり紫陽花の道

玄関で思わず君の顔眺め
はっと気がつきすぐに振り向く

人相を変えんがために髪切りし
君の家覗きしをとがめられて

ユニフォーム干したる部室蒸し暑く
饐えたるにおい鼻をつきたり

落ち着かず裸体を描いていたるとき
あの一点に眼をばむけざり

卓球かはた芸術か文学か
悩めしことありほんのひととき

薄暗き二階で響く
ギターの音
あのころ友は道定めたり

たそがれの
枯れ木の上の小雀は
鳴く声もなく雲にとけこみ

教室の窓にうつれる岩手山
無限の時を一気に刻み

教室の机の上で楽しみし
ピンポンの音、友らの笑顔

一高の教室の横のベランダの
淵を歩いて見せしあのころ

ひさかたに友と二人で街に出て
心の片隅打ち明けてみん

なにかしら
取り憑かれたるごとくにて
盛岡の町歩き回れり

雫石
川辺歩きて歌作り
暗くなるころ家に帰りぬ

残された祖父の刀で
カーテンに切りつけにけり何の心ぞ

俺だけが芝居を演じているような
暗い気持ちに今日もひたれる

泥水で頭の中がいっぱいになっているよと
日記に書きぬ

淋しさの淋しさのはてに自己を知る
眺めいし海かく呟きてつぶやきて曳しかな

自転車を飛ばして山と風と野に
われを語りて心おさまり

本屋より出でて悲しく
戦死者の歌つぶやけり雪降る町に

春の雨
林の奥の切り株で死にし鳥にも吸い込まれゆき

ぴたぴたとつららは軒でとけていく
窓にまぶしく陽が差しおりて

大学

わが前で涙ぽとぽと落としたり
君恋染めし初めなりけり

教室の後ろの席から君を見て似顔絵描きし
すべての発端

ふられたと勘違いして酔っ払い
「悲愴」を聴きてへどを吐きたり

二人して雨にぬれたる材木町
裸足で歩きぬ二十歳の夜に

君の手をひけば全身が熱くなる
川辺の坂を上りたるとき

中ノ橋、上ノ橋をと歩ききて
日が暮れたれど別れざりけり
材木町梨木町と歩ききて
君にキスして別れたるかな

岩大の植物園の温室で
君を初めて抱きし夏の夜

押し入れに隠れたれども
君が姉、戸を開けにけりただ呆然とす

あの頃に君に話せしことはみな
偽りのなき
真実なれど

武漢まで
攻め込み入りし父、大尉
われは責めにき父弁明す

昼休み鼾をかいて寝る父を
揶揄するごとき詩を書きしかな

電話にてぺこぺこ頭下げる父
誠実なるを卑しきとみき

文学に生きるといいて
わが父に家は継がぬといいにけるかな

商才のなきを見抜いた父の目に
誤りはなし、強き弟

亡き父が
一緒に飲もうといったのを
断りし夢覚めて悔やみぬ

君とよく
恋人のごとく会いにけり
話せしはみな文学のこと

夜遊びのあとに屋根から帰宅せり
われに続いて友も登りぬ

カチャカチャと牛乳瓶を鳴らしつつ
配達をせり二十歳のころに

友の指
白く柔らかく太かりき
弦を押さえて爪弾きにけり

高松の林檎畑の裏道を
君に教えし
二十歳の夏に

帰郷

今日もまたふるさとのこと思われる
あのころの日々
あのころの友

五十過ぎて二度目の妻を迎えたる
中国の人で一児を生める

妻の母の願いにそむき病えて
妻子を連れて帰国せしかな

妻とともに
今日は何歩と喜べり
吾子立ちおれば歩むを見ては

人形を背負いて鍋の底たたく
吾子の笑顔や
忘れざりけり

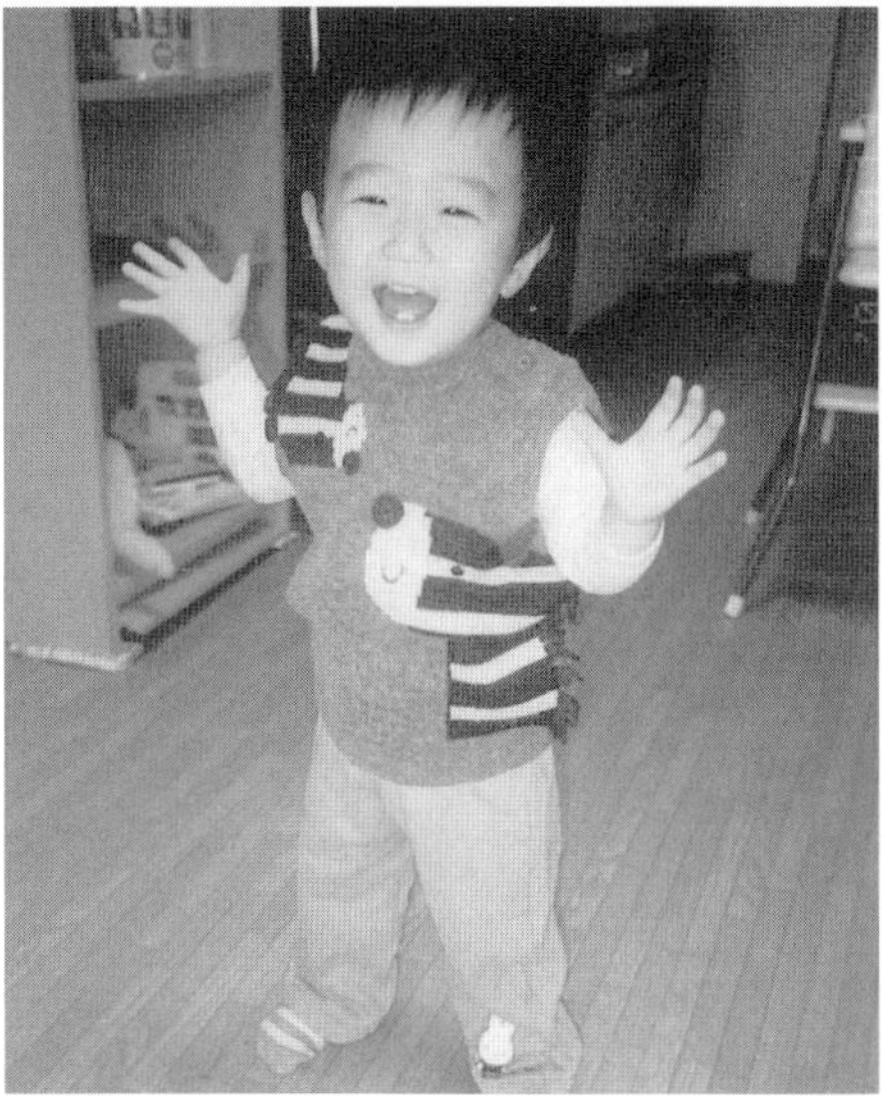

妻つれて動物園に行きし夏
吾子は声あげ目を輝かす

カエルやら蝶やらがみな友だちと思いける
三歳の吾子は

幼稚園迎えに行けば
たけちゃんは満面笑みで
駆けきたりけり

たけちゃんを
ビデオカメラで探しおりぬ
行進曲のひびく夏の日

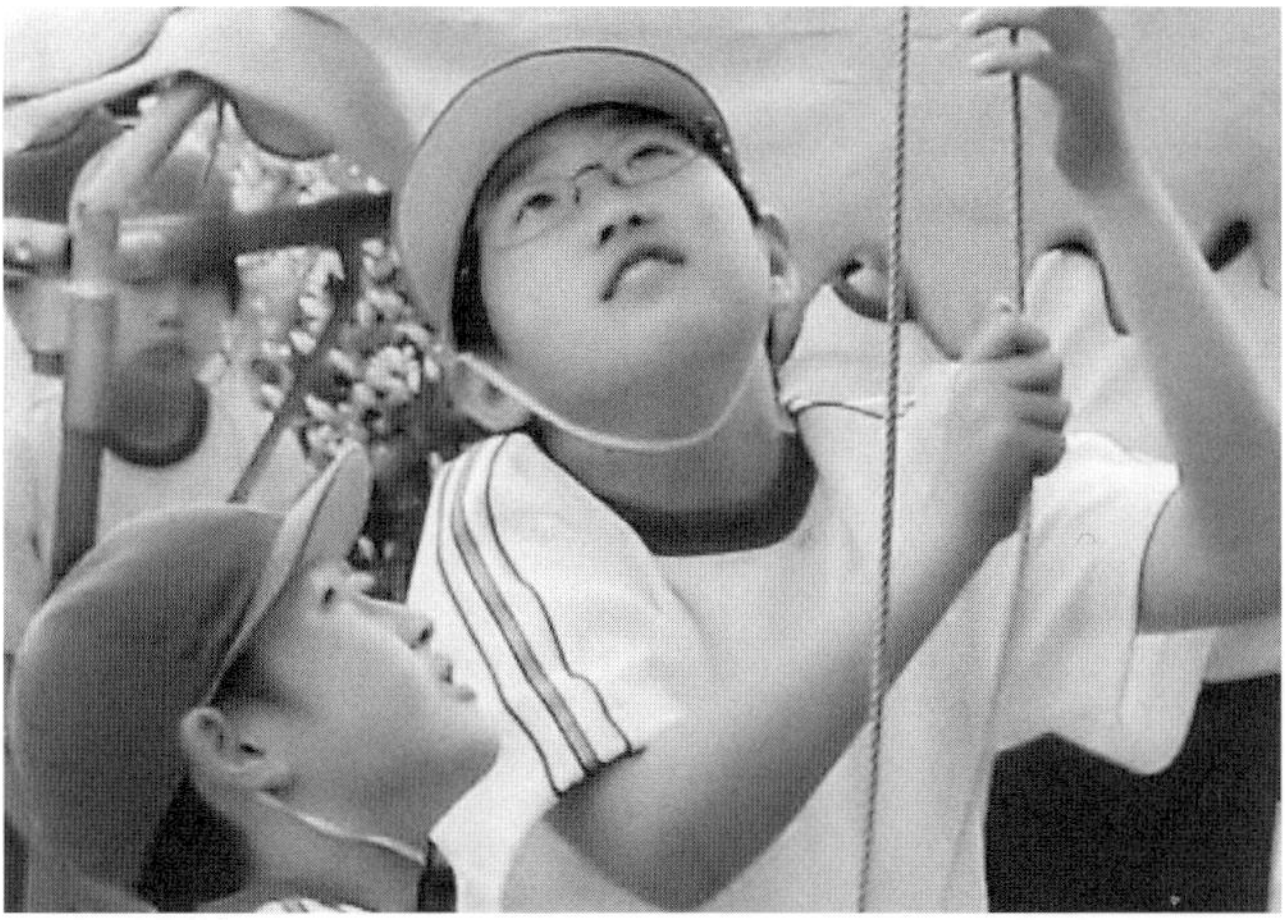

覚えはじめの字で絵のように書いてあり
「ぱぱさんよくがんばりました」

板の上に「おにゃんまくんさようなら」と
書きて墓とする吾子やいとしき

「あのなはん」と語り始める
盛岡の優しき言葉少なくなれり

中国語、故郷の言葉で話すとき
妻は明るく声も大きし

サッカーのゴールが決まる寸前に
大声上げる妻は可愛し

月蝕を親子三人で眺めたる
あの春の夜の風なつかしき

さまざまな
物を売りたる「よ市」かな
灯り明るく通りを照らす

「よ市」にて
にぎわう通りのあちこちに
はるか昔の店も残れる

別れ

母親のことなど思い涙ぐむ
あのころなぜに
帰郷せざりし

中国で祖父が集めし骨董を
形見分けせり父死せしとき

墓参りすれば必ず写真撮る父にてありき
アルバムを焼く

告知から数ヶ月のみの命なり
弟の胸に去来せしもの

力なく目をば開けたる
弟の臨終の目に涙浮かべり

弟の氷のごとき頬さわる
かくも容易に死は来たるかな

弟の妻慟哭す
火葬場の釜の前にて鶴のごとくに

祖父母逝き
父母も逝きたる仏壇に
今日弟の写真飾れり

雪かぶり空にそびえる岩手山
弟逝けど
微動だにせず

骨と皮になりて伏せおるわが友よ
ただ言葉なく横に座れる

いとおしき友の訃報を聞きしとき
思い出あふれ涙流るる

人はみな様々なれど
焼かれれば細き箸にて拾われていく

太古から雲を浮かべて変わらざる青空がある
われら一瞬

百年後も二百年後も変わらざる山河なるかな
車窓より見る

「生きることそれ自体が文学だ」
同病の友かくや語りし

啄木や賢治のごとくと生きなんと
思いし日々や遠く去りゆく

今もなお心に浮かぶ
かの人がカバンを持って歩む姿が

あのころは心に秘めし人の名を
みなして打ち明けぬ同窓会で

幼き日「トー」と呼びたる親友と
六十を過ぎて仲違いせり

父と母がわれに残せる財産で
生活したるコンプレックス

泥沼に沈みし石のごと
目先も見えず身動きもできず

それぞれにとけぬ悩みを抱きつつ
病院の窓
今日も暮れたり

ラッキーに
引っ張られて転びけり
腎不全にて弱りし夜に

中学の親友二人が生きておれば
心の底に穴は空きまじ

ひさかたの友の葉書に励まされ
生きているのだと感じている夏

明るさが消えたる妻の目に映る
桃の花咲く
遠きふるさと
＊妻の故郷は、湖南省、桃花江。

かの土地の
かの空に見し
二重なる明るき虹が心に残る

ぴたぴたと雨だれの音やまぬなり
遠くかすかに淡き思い出

でんでら野、日射し眩しく広がれり
いにしえ人はここにて果てぬ

＊でんでら野は、遠野にある姥捨ての原。
昼は農耕に出てここで死を待ったという。

父と母が
われに残せしこの家の
庭の緑に今日も目をやる

窓あけて
朝の冷たき空気吸う
ああ生きているわが命なり

降りにくる雪を眺めぬ
七十年ひとときのまに去りにけるかな

若き日のおもかげのみが目に浮かぶ
はるか遠くに消え去りし日々

詩・かあさん

I

かあさん
なぜなのかわからない
ぼくがとうさんになればわかるのかもしれないけれど
かあさん
あなたはぼくのために生きている
ぼくに喰いつくされても
あなたはあきらめる
かあさん
ぼくが飢えたなら

あなたはぼくよりさきに飢えようとする
ぼくのあやまちも
自分のものとして感じてしまう
ぼくが十ヶ月のあいだ
あなたのなかで育てられたというだけで
あなたはぼくの食べ物になろうとする

なぜなのかわからない
かあさん

Ⅱ

——七十一歳になった母へ——

かあさん
ぼくが死ねば
世界中でいちばん涙を流してくれる人
かあさん
その命が地球上から消え去るとき
ぼくがいちばん嘆き悲しむであろう人
かあさん
いろいろなことがあったけれど
どんなときも

ただひとつ微塵だに変わらなかったことば
かあさん
いつまでも叫ばれることば
かあさん・・・

思い出アルバム

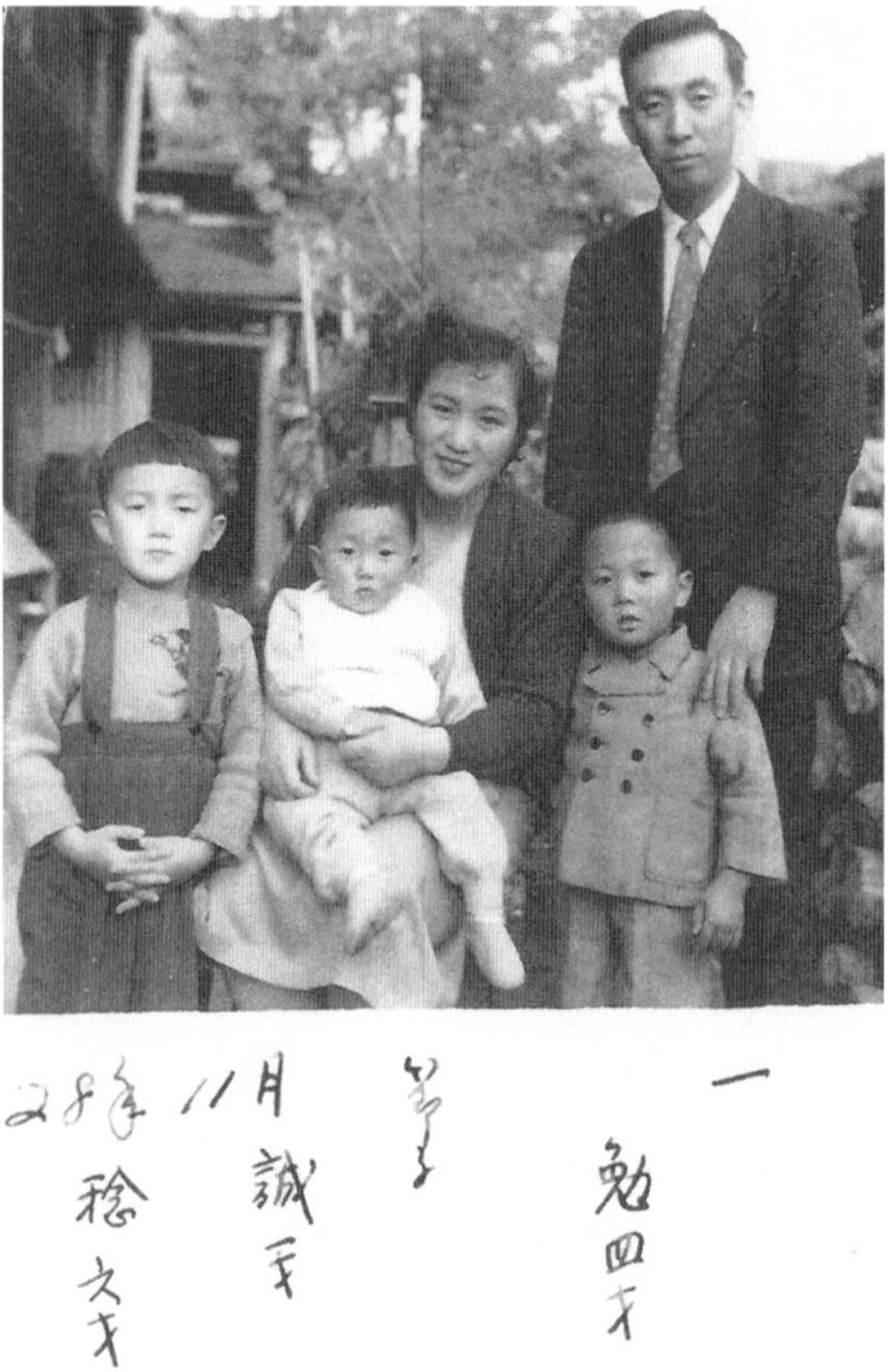

一家五人。材木町にて

メンコ（ベッタ）池田富好氏寄贈

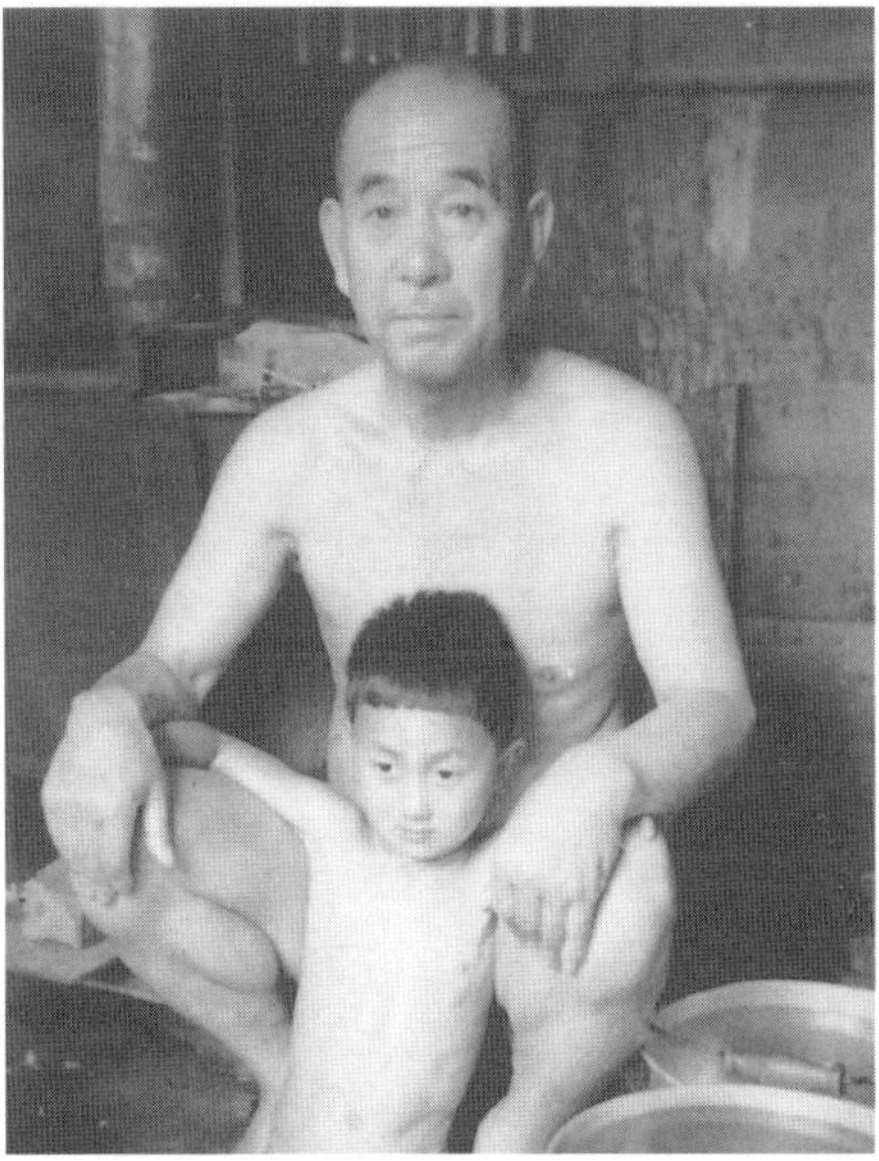

木でできた風呂。祖父、豊蔵と弟、誠

家族で「ドライブ」。昆虫採集

ブロック倉庫の前で。母、祖母、弟たち。隣の帽子屋の子

刀を引き抜いている弟、勉。
横に立っているのは、弟、誠

「王様の帽子」をかぶって
威張る著者と弟、勉

シェパード「マリ」と、弟、誠

岩手山神社。材木町子ども会の、奉納狸ばやし（昭和30年）

材木町の二階で。弟たちと。中央が筆者

高松の池で白鳥に餌をやる、たけし

晩年の母、節子

フラフープ。弟、誠

あとがき

高校一年の秋に、啄木を読んだのが、人生の転機となった。理系から、文系に移った。牧水なども読んだ。雫石川の岸辺や、盛岡の町をほっつき歩いて、短歌を作った。今読み返すと、幼稚すぎて、恥ずかしくなるが、この短歌集には、その頃に作った短歌を四首ほど入れた。

二〇一五年の夏に、ウツ病で、岩手医大精神科に四ヶ月ほど入院したが、この歌集の大部分の歌は、この時に作られた。入院中に、息子の健に宛てた手紙には、こう書いている。「深夜二時頃、目が覚め、明け方まで眠れない時など、子ども時代から、いままでの様々なことなどが、頭の中を駆けめぐって、眠りにつかせてくれません。そういうときに、作った短歌を暗闇の中でメモしています。それに価値があろうがなかろうが、お父さんが思い出せたことが、一番大切であり、また同世代の友人たちに材木町のことなどを懐かしんでもらえればとも思うのです」

のどかで、未来が広がっていて、たくさんの友だちがおり、さまざまなことがあった子ども時代の思い出に、救いを求めたのかもしれない。メモした短歌を、時系列に並べてみると、自分史のようなものになっていることに気がついた。しかし、こんな短歌がはたして人に見せるだけの価値があるのか、友人や知り合いの人たちに見てもらった。自分では、自分の短歌を客観的にみることができないので、短歌集の草案から、好きな短歌を選んでいただいた。短歌を選ぶ際には、こういう方々の評とともに、自分史のようなものにするために、説明的なものも入れた。また自分が気に入っている短歌をも選んだ。

末尾に、だいぶ以前に母のことを書いた詩二篇をつけくわえた。

序文を書いていただき、編集に当たって貴重なアドバイスをいただいた三島黎子さんに、心から感謝いたします。また、編集、出版をしていただいた盛岡出版コミュニティーの栃内正行さんに出会えたことは、本当に運が良かったと心から喜んでいます。写真の許諾確認などの細かい作業も丁寧にやっていただきました。

なお、写真の転載を許可していただいた皆さまに、ありがたく感謝申し上げます。

最後に、短歌集の草稿を見て励ましてくださった多くの方々、手をさしのべていただいて、本当にありがとうございました。

文中の写真説明と出典

（出典の明記ないものは、著者所蔵）


P6　著者と弟の勉。

P10　著者と弟の勉。

P14（現在）旭橋から夕顔瀬橋方面を望む。

P15（昭和59年）盛岡市材木町裏の北上川の石垣。写真協力④より
P18（現在）「舟っこ流し」、少年時代には夕顔瀬橋で点火されて、材木町の裏を流れていた。

P20（昭和33年頃）雫石川でカジカとり。弟の勉。

P28（昭和33年頃）材木町。「石田商会」とあるのが、父の店。右隣が光原社。

P30（現在）材木町の光原社。

P32（現在）材木町の戎屋。

P34（現在）材木町の永祥院。

P35（昭和28年）盛岡劇場前。紙芝居。写真出典①より
P39（昭和30年）盛岡市上ノ橋付近。チンドン屋。［個人蔵］

P41（昭和35年頃）夕顔瀬橋を渡るチャグチャグ馬っこ。写真出典②より

P43（昭和27年）トロッコにのる著者と弟の勉。
P45（昭和41年）葛巻町。田圃でのチャンバラ。写真出典②より
P47（昭和37年）漫画雑誌『少年』の表紙。写真協力⑤より
P54（昭和45年）著者の母校、河北小学校。卒業アルバムより
P59（昭和32年頃）著者と弟たち。
P61（平成10年）この年に新しく飼った文鳥。
P66（昭和30年）岩手山神社祭典、神輿。
P67（昭和30年）岩手山神社祭典、藤娘に扮した父。
P69（現在）祖父、豊蔵が蒐集した中国骨董。
P71（大正5年頃）京都の自宅で。祖母、テル。
P72（昭和27年）祖母、テル。
P74（昭和21年）馬車を引くのは父。岩手日報に掲載された。
P77（昭和32年頃）材木町の岩淵カメラ店の前に立つ母、節子。
P79（昭和32年頃）「西遊記」スライド冒頭の一コマ。
P81（昭和41年）盛岡のカワトクデパート屋上。写真出典③より
P86（昭和34年）左より、母、著者、祖母、弟、二番目の弟、父。

P88（昭和38年）著者の母校、上田中学校。卒業アルバムより
P95（現在）南昌山。

P97（昭和37年）劇「十字路」ポスター。

P99（昭和41年）盛岡一高校舎。卒業アルバムより
P104（平成6年頃撮影）岩手が生んだ天才ギターリスト、七戸圀夫。平成6年、事故死。

P107（現在）雫石川。

P117（昭和17年頃）軍服姿の父、石田一。

P120（平成7年頃）晩年の父。

P122（昭和56年）親友の七戸圀夫。ＣＤ「愛の宝石箱Ⅱ」表紙より
P125（平成13年）東京のアパートにて。たけし。

P127（平成18年）なでしこ幼稚園の運動会で。たけし。

P131（現在）材木町、よ市。

P136（令和1年1月）弟・勉、逝去。

P143（平成27年撮影）愛犬、ペキニーズの、ラッキー。

P145（平成9年）湖南省の農村で撮影。

P147（現在）わが家の庭。

写真出典・協力一覧

①『なつかしのアルバム　盛岡写真帳』（一九八四年、トリョーコム・杜陵印刷）
②『写真アルバム　盛岡・滝沢・岩手・紫波の昭和』（二〇一五年、いき出版）
③『奉仕こそわがつとめ』株式会社川徳創業１４０年記念誌（二〇〇七年、株式会社川徳）
④伊山治男撮影、市民歴史探究館蔵
⑤『少年』（一九六二年七月号、光文社）

表紙の写真の子どもたち

昭和三十三年の冬・四人とも十一歳

（左から）

ひろちゃん・お菓子屋「山善」の長男

勇輔くん・その右隣の「戎屋」の次男

稔ちゃん・「山善」の左隣の石田商会の長男（著者）

阿部シュー・「石田商会」の向かいの材木屋の長男

撮影　石田一（父）

材木町地図
中央通
物産館
モーリオ
永祥院
岩渕カメラ店
近勘
駐車場
酒買地蔵尊
花梨
東山堂
支店
村定楽器店
木栄
酒店
山口輪店
いーはとーぶアベニュー材木町
きづや文具店
北日本銀行
郵便局
光原社
元・石田商会
（著者の父母の店）
戎屋
山善菓子舗
本正寺
北上川
旭橋
橋市本店
盛岡駅
ホテルメトロポリタン
盛岡 ニューウイング

岩手高校
マルイチ
ローソン
栄澤稲荷神社
蛭子屋
小野染彩所
立花製靴店
石川金物店・
石川食堂一二三
材木町商店街(よ市)
美容室
Lapis
ギャラリー
純木家具
ビアパブ
ベアレン
夕顔瀬橋
スーパーホテル
盛岡

●作者　石田　稔

一九四七（昭和二十二）年生まれ。盛岡市呉服町で生まれる。二歳の時に、材木町へ転居。三人兄弟の長男として、材木町で育つ。祖父と父は、塗料と画材を売る石田商会を経営。母は、事務を手伝った。この店の右隣が、光原社、左隣が、山善と戎屋。桜城小学校二年生の時、学区編成のため河北小学校に移る。高校二年に長町に引っ越す。河北小学校、上田中学校、盛岡第一高等学校卒。十八歳で上京。早稲田大学入学、早大少年文学会加入。早稲田大学大学院中国文学科修了。結婚し、あゆ子、渉の父となる。川崎市立川中島中学校の国語教師、マンションの管理人などを経る。躁うつ病のため大泉病院に入院。離婚。四十代に上海と湖南省長沙の大学で学ぶ。「乱世少年」の作者、蕭育軒氏の住む湖南省の省都、長沙で五年間暮らす。その間、王梅萍（ワン・メイピン）と結婚。一児、健をもうける。二〇〇一年に帰国。二〇〇二年に帰郷。現在は、透析とリハビリと翻訳の日々を送る。［家族］母、節子二〇〇〇年に逝去。父、一（はじめ）、二〇〇二年に逝去。弟、勉、二〇一九年一月に逝去。訳書に『ニーハオ！シャオポー』（太平出版社）『ぼくはきみの友だちだ』（福武書店）『乱世少年』（国土社）。ホームページ「心病める人たちの家」「中国児童文学と絵本のページ」。中国児童文学研究会会員。日中児童文学美術交流センター会員。日中友好協会盛岡支部会員。

〒020─0125　岩手県盛岡市上堂1─11─32

石《いし》田《だ》稔《みのる》歌《か》集《しゅう》　よ市《いち》・馬《うま》っこ・材木町《ざいもくちょう》

令和２（2020）年10月９日　第１刷発行

著　　者　石田　稔
編　　集　栃内正行
発 行 所　盛岡出版コミュニティー
（サテライト・オフィス）
〒020-0574　岩手県岩手郡雫石町鶯宿9-2-32
TEL&FAX　019-601-2212
http://moriokabunko.jp
印刷製本　杜陵高速印刷株式会社

ISBN978-4-904870-48-8 C0092